浅見洋子

水俣のこころ

花伝社

目　次

第五章　水俣病

序章　わたしの水俣

わたしの水俣

水俣病全国現地調査団に　参加した
一九八七年　猛暑の七月
鹿児島空港に　一歩を踏み入れた
あの日から
わたしの水俣が　はじまった

出水の町を　不知火の海を　一望すべく
バスに揺られ　標高一六二・一メートルの
東光山　展望台に　立った

肌を射る　陽差しを　両腕に　受けながら
麦わら帽子の　ツバを　しっかり　押さえ
目前に拡がる　不知火の美しさに　見入った
穏やかな水面は　南国の抜けるような
青空と　共鳴し　光り　輝いていた

　こんなにも　美しい　海が
いぶかしい心を　抱え　午後　明水園を訪問

胎児性水俣病の　説明を受け　作業所に
大きな　衝撃に　後ずさりした　わたし
一人では　寝返ることのできない　身体
立つことを　知らない　細く曲がった　足
毛布に包まれた　赤子のままの手が　空を舞う

たじろぎを　抑えながら　ベッドに　近づく
そこで　出会った　すんだ瞳
瞳の　美しさが　輝きが
不知火の　海の輝きを　思い起こさせた
わたしの　背筋に　稲妻が　走った

　こんなことがあって　よいのだろうか
心の声が　ふるえた
この現実を　伝えねばと　拳を握った

第一章　不知火の海

不知火の海

働かない　海がある
働けない　海がある
沈黙の海　不知火の海

夏雲の影を　のみこみ
つきぬける青空を　のみこみ
三十幾余も　沈黙をつづける
不知火の海

有機水銀を　のみこみ
海に生きた　たくさんの人の
苦しみを　のみこんだまま
不知火の海が　拡がる

働かない　海がある
働けない　海が拡がる

母さんの海

ボクを　けげんな顔で　見舞いにきた
君は　知ってるかい
ボクが　泳ぎの　名手だったことを
ボクは　母さんの海で　毎日泳いでいたんだ

ボクが　あんまり元気に泳ぎまわるので
漁師の父さんは
ボクに　栄養をつけてやろうと

不知火の海で釣ってきた　新鮮なさかなを
母さんに　たくさん　食べさせたんだ

ボクが　元気に泳ぎつづけられるよう
ボクが　丈夫に生まれるよう　願って
ボクは　母さんの海で　スクスク育った

ボクが　母さんの海から　飛び出したとき
ボクの体は　見えない　鉄の鎖で　がんじがらめだった
ボクの背中には　見えない　十字架が　張りついていた
ボクの心には　見えない　杭が　打ち込まれていた

母さん　助けて！　と叫ぶ
ボクの声は　呻きになって

ウオオーン　ウウオオーン
ウオーン　ウオオオオーン

あご骨がずれ　ねじ曲がった　ボクの口から
ダラダラと　よだれが　流れつづける
クックックと　呼吸がつまり　苦しむ
ボクは　母さん　苦しい！　叫ぶ呻く
呻きのとだえた　ボクは　死ねたのだろうか

ボクは　ボク一人の　力では
生きることも　死ぬことも　できないでいた
ボクの背負った　胎児性水俣病の　十字架は
家族みんなの　重い十字架　苦しい鎖　悲しい杭

ねえ君　お願いだよ
そんなに　けげんな顔で　見ないでよ
ボクは　見せ物なんかじゃない　こわがらないで
ボクは　君と同じ　人間なんだよ

ボクは　二十八年　寝たままで　生きてきた
だけど　ボクには　君が　よくわかる
君が　やさしい人だ　ということも
君が　ちょっぴり　臆病者だ　ということも

ねえ君に　お願いがあるんだ
きょう　ボクを　見舞いにきた　君にだよ
ボクは　ガラスケースの　置物なんかじゃない
ボクが　人間として

いま　このベッドで　生きていることを
忘れないでほしい　大人になってもだよ

君におしえてあげよう　君のその　大きな手で
赤子のままの　ボクの手を　にぎってごらん
ボクの目を　よく見てごらん　わかるだろう
ボクが　君に会えて　嬉しくてたまらない気持
そうら　君にも　わかってきただろう
君が心の目を　開いてくれたから
君は　ボクと　話ができたんだよ

ねえ君　わかっただろう
ボクが　母さんの海で　泳いでいたころは
ボクも　君と同じ　元気な子だったことを

きょうまで二十八年　寝たままのボクが
繰り返す痙攣にたえ　孤独に呻きながらも
ボクが　ボクの心と　向き合っていたことも

ボクにも　大きな夢があるってこともね
ボクは　きれいになった　不知火の海で
自由に　泳ぎまわってみたいのさ

ねえ君　わかっただろう
心の目を　開いてくれた　君だから

明水園の帰り

一九九二年　写真家の　田中史子と　二人
一週間の　ボランティア活動が　許された
水俣駅から　迎えのマイクロバスで　明水園に

トレーナーに着替え　白いシューズに　履きかえる
髪を束ね　ひざ下の　長い白のかっぽう着を　着る
明水園の一日は　看護日誌の引き継ぎから　始まる
検温　洗面　排尿の　介添えにと　病室をまわる

〝オムツ交換時　ゴム手袋は　使用を禁ず！〟

大きな籠が　幾段にも　積み重なり
成人用オムツが　ぎっしり　詰め込まれていた
昼食までの二時間　廊下の隅で黙々と たたむ
痛くなった腰に　両手を当て　体を反らす
腰を拳で叩き　膝の屈伸をしては　たたみ続けた

明水園での　朝昼晩の食事は　まさに　リハビリ
握られたままの手に　スプーンの柄を　押しこむ
曲がった指を　天に向け　全身でバランスをとり
やっとの思いで　お粥が　口に　運ばれる
時が過ぎる　食事は遅々として　進まない

〝親切心で手をださない　自力でやるよう見守る事！〟

車椅子で食堂に来られない　重症患者の　人たちには
当番制で　食事を　配り　ベッドの脇で　給仕をした
ベッドの柵からのびた手が　膳を持った腕を　掴んだ
強い力に　愕きと不安で　立ちすくんだ　私の耳元で

〝あなたを　受け入れているのよ　怖がらないで
彼は　めったな人からは　食事を貰わないのよ！〟

入浴の日は　汗をかきながら　園内を　動き回る
時間割にそって　順番待ちの人を迎えにと　病室に
自由にならない身体　力の入らぬ腕を　首に絡ませ
脇の下に腕を入れ　抱え込む　二人の体を一つにし
阿吽の　かけ声と　ともに　ベッドから　車椅子に

〝着衣は　自由の利かない手から　袖を通す！〟

大きな声が　湯にけむった浴室から　ひびいた
入浴後の　末子さんの　濡れた　おかっぱ髪に
ドライヤーをあて　撫でるように　梳かした
嬉しそうな顔　はにかむ笑顔が　私を励ます

ボランティア　最後の日
明水園を後にする　マイクロバスの
右手後方に　不知火の海が　拡がる
海は　十一月の夕日を　浴び
真っ赤に染まり　黄金のように　輝いていた
自然の　雄大さ　優しさが　私を　見送る
なぜか　頬に　冷たい　ひとすじが

産まれない生命《いのち》

不知火の海は　朝日に　跳ね返り
漁民たちの　声で　わき返っていた
縞のもんぺに　かっぽう着
木綿の手ぬぐいで　姉さんかぶり
母たちは　朝に夕に　海に出かけ
イリコ網をあげる　手伝いをした
手伝い賃として　分けてもらった
イリコは　茹であげ干されてから
売りに　歩かれ　家計を　支えた

近ごろ　強く感じる　身体の　けだるさ
だが　母は　この日も
身体に心に　むち打って　海に向かった
イリコを　持ち帰った　母は
家に着くなり　軽い立ち眩みを　覚えた
そして　激しい　腹痛に　おそわれ
土気色になった　顔を　ゆがめ
這うように　手洗いに　行った

腹痛の　治まった　母は
しきりなしに　流れる　ひたいの汗を
首にかけた　手ぬぐいで　拭きながら
イリコを　茹で　干しあげ
どうにか　売り歩く　用意をした

だが　その日　母は
——きょうは　フサエに　行ってもらおう
　　済まんことたいね
心の中で　手を合わせ
小学校五年生の　長女の帰りを　待った

半年後　おなじように
母に　激しい腹痛が　おそった
腹痛とともに　大量の　出血をした　母

激痛とともに　流れ落ちた　血だまり
真紅の血潮は　産まれない　生命《いのち》だった
母の目に　触れることなく　散り去った
母の腹痛を　証として　旅だった　生命《いのち》たち

天城の里　東府屋旅館の　一室で
湯上がりの私は　出窓に　ほおづえをつき
吉奈川の　流れに　見入っていた
対岸の小山の　雑木林から　赤い椿が　一輪
川に落ち　静かに　流れて行く

ポトリと　また　一輪　波紋を作る
流れる　椿の花を　目で追った
大きな石に　阻まれた　花が
揺れ浮かび　遊んでいた

上流から　流れ運ばれる　赤い花たちが
一塊になったとき　堰を切ったように
一気に　流れ落ち　渦に　きえた

揺れ浮かび　姿をけした
赤い椿の　花たちに
私は　嗚咽し　合掌した
そこに　水俣で散った
産まれない　生命《いのち》を　見たのだ

産声を　あげることなく　散り去った
産まれない　生命《いのち》たちの　ざわめきが
二十年の時を　経て　いま
吉奈川の　流れの音と　重なり
私のこころを　突き動かしている

第二章　不知火の赤い旗

十一月の朝

一九八七年十一月十三日　朝
青空に　つつまれた　日比谷公園の
木々の色がわりを　仰ぎ　見ながら
わたしは　ゆっくりと　歩いていた

――此道を　行人なしや　秋のくれ

芭蕉の句が　わたしの口を　ついて出た
上着の襟を立て　朝の冷気を　ひき裂きながら

東京地裁に　向かって　ひとり歩いた

この日　東京地方裁判所では
証人として　アメリカ国立衛生研究所
疫学部長の　カーランド博士が　招致されていた
証人審問が　行われるのである
水俣病裁判の　大きな山場の　ひとつとか

手弁当で取り組んでいる　弁護団の先生方の
努力と粘りが　どう　展開されて行くのだろうか
松本楼の脇を　過ぎるとき　鼓動が　足音を消した

裁判傍聴

熊本水俣病東京訴訟　第一審　第十七回口頭弁論は
昭和六十二年十一月十三日　開廷された

午前の審理は　カーランド博士が
昭和三十五年（一九六〇年）　国際神経学会情報誌
『ワールド・ニューコロジー』十一月号に発表した
論文の最後　八項目からなる「勧告」
漁獲禁止措置　広域的な緊急検診
などの点を考慮し　尋問が　おこなわれた

原告弁護団は　論文発表当時の
博士の心境　水俣湾の　状況などから
質問を　進めていった
博士の証言を　通して
国の対応の　あり方を　被告の責任を
明らかにしようと　したのである

傍聴席中央　右より
最前列に　カーランド夫人
その　真後ろに　座った　わたし
博士の答えを　いちはやく聴きとる　夫人の
左右に揺れる背に　肩を落とす　後ろ姿に
夫人の怒りと　深い悲しみとを　感じ取った

二人の　女性通訳が
証人席の博士の　左隣に並ぶ
今日は　傍聴席の半分が
報道記者席と　なっていた
裁判所職員の　鋭い目線が
法廷の　隅々を　見わたす
前回までとは　まるで違う
法廷内の　空気

通訳女性の　ことばを　介してしか
証言内容を　理解することが出来ない
マイクから　はずれた　彼女らの声は
聞き取りにくく　話の要点が掴めない
苛立ちのなか　時間が　過ぎていった

裁判審理での　ことばの　壁
傍聴席の人たち　だけでなく
証人席に座った　カーランド博士も
通訳を　担なわされた　女性達も
焦りと　苛立ちを
実感していたに　違いない

それにしても　公正な裁判とは
司法の遅れに　怒りと疑問を　いだいた
水俣病東京裁判の　傍聴であった

博士の目に

一九五八年九月と　一九六〇年二月
カーランド博士は　二度　水俣を訪れ
患者の診察　水俣湾の泥土や貝を　採取
帰国後　アメリカで　分析し
ネコの発病を　確認していたそうだ

京都の浅岡美恵弁護士の　調査によると
一九六〇年以前に
水銀触媒法により　アセトアルデヒド工程で

有機水銀が　生成されることは
化学の領域でも　医学の領域でも
海外では　広く　知られていたそうだ
有機水銀中毒の　病像を　解明する文献が
すでに　存在していた　とのことである

疲労　筋肉痛　頭痛感　めまい感　睡眠障害など
藤野糺《ただし》医師ら　県民会議医師団の
掘り起こし検診で　認められた
水俣病像が　すでに　記述されていたのである

チッソ工場により　排水溝をへて
長い年月　水俣湾に　流されつづけた　ヘドロ
海の汚れ　不知火の汚れは　否定しがたい

博士が　水俣湾の　視察をしていたとき
不知火の海に　赤い旗が　立っていたそうだ
同船していた案内人に　旗の役割を　訪ねた博士
「禁漁区です」と　一言だけの　説明であったとか

不知火の海に　立てられた　赤い旗は
博士の　目に
何げなく　止まった　だけだったのだろうか
案内人の　説明とは言えない　返事は
傍聴する　わたしの心に　赤い旗への
こだわりとなって　焼きついた

こだわり

不知火の海に　立っていた　赤い旗
九月の　おだやかな海に　立っていたのだろうか
二月の　風強い海に　竹竿の先端に　固く縛られ
白波走る　荒い海面に　立っていたのだろうか

誰の手で　不知火の海に　立てられたのだろうか
どんな　役目を　担って　立てられたのだろうか
行政指導の　一つとして　立てられたのだろうか
わたしのなかに　ふつふつと　湧き起こる　疑問

漁民たちは　この赤い旗を　どんな気持で
受け止めて　いたのだろうか
漁師たちは　どう理解し　関わっていたのだろうか
不知火の海の　どこに立っていたのだろうか　と

裁判傍聴後　こだわりとなって
わたしのなかに　焼きついた　赤い旗
不知火の海に立つ　旗へのこだわりが
わたしのなかで　日ごとに　ふくらむ

不知火の赤い旗

十一月二十七日　二十八日の
不知火沿岸一〇〇〇人大検診に
参加を決めていた　わたしは
不知火の赤い旗を　追い求め
その後　四日ほど
水俣に　滞在することにした

水俣協立病院長の　藤野糺《ただし》医師《せんせい》に　同行し
ベテラン漁師の　開田さんのお宅に　伺った

出された茶　湯呑みは熱く　とまどう　私
右手で　熱い湯呑みを　しっかり握る　開田さん
温度を感じとれない　慢性病水俣病の　手だった

あぐらをかき　震える手で　茶を飲みながら
カーランド博士が　目にした　不知火の赤い旗
私のこだわりとなっていた　赤い旗について
開田さんは　語ってくれた

漁師たちが　生活維持の　苦肉の策として
恋路島の突端　針穴崎《はりのめかんざき》と
半島の先端　柳崎に　自主規制禁漁区の
目印として立てた　旗だった　ことを

汚染海域は　水俣湾の　特定区域であると

場所を　明確にし
禁漁区外で　水揚げした　魚介類として
市場に　売りに出せばと　考えた
生活の知恵から　うまれた
旗だった　ことを

昭和三十四年八月一日の　申し合わせ
水俣市鮮魚小売商組合の　水俣近海の　魚介類は
禁漁区外のものでも　買わない　との前に
その　役割が　終わった　ことも

――国が　漁獲禁止でも　販売禁止でも
してておってくれりゃ
少しでも補償金が　もらえたに！
――そげんすりゃ　何とか道も　探せたけん

こげんまねせんでよかに！
――こげんことせにゃ　わしらが
　生きていけんな！

漁師を　あきらめねばならなかった
開田さんの　無念に　ひきつった顔

二十年を経た　いまも
わたしの　心の　目には
不知火の海の　打瀬の白帆の　傍らに
赤い旗が　ひっそり　立っているのです

水俣病問題に関わった　多くの人の
無念と　哀しみ
孤立した心を　忘れぬようにと

第三章　水俣協立病院

水俣協立病院

東京駅から博多に　乗り継いで　水俣にと
七時間かけて　やってきた　不知火の　地
写真家　田中史子との　二人旅
大きすぎる荷物を抱え　降り立った　水俣駅
十二月の九州　熊本は　粉雪が　舞っていた

チッソ水俣工場の　正門前に立つ　水俣協立病院
もう　これ以上は　許さんぞ！　と　言うように
その建物は　仁王立ちに　踏んばっていた

昭和四十九年（一九七四年）春　初め
水俣駅前の　モルタル二階建ての
古い建物からの　スタートだった
藤野糺《ただし》医師一名　上野恵子婦長　看護師三名
事務職員三名　八人の　スタッフで　誕生
昭和五十年に　板井八重子医師　着任

昭和五十三年（一九七八年）
鉄骨五階建ての　建物は
チッソ工場の　正門前に　移り
水俣協立病院にと　生まれかわった

昭和六十二年十月には　眼科も開設
数年後　隣接して　理学療法を　専門とする

水俣協立理学クリニックも　開設された
院長は　藤野糺　板井八重子
高岡滋から　川上義信にと　引き継がれた
平成二十年　事務長に松田寿生
総師長を山近峰子が　勤め
ベッド数　六十床の病院は
地域に　根をはり　水俣を支え
水俣病を　見守る　医療機関として
幅広い活動が　なされている

新たな軌道

開設のとき　人手不足の　診療所では
事務職員が　薬局の助手　検査の助手となる
保険医療請求事務を　お手洗掃除をも　こなした

こうした状況のなか　一人の
事務職員　野中重男が
市議会議員に　立候補しようと　決意した

破壊された自然　蝕まれた身体
傷め続けられる心　荒廃した地域
そうだ！　行政の側にたって
水俣病問題と　向き合わねば

意を　決した　野中重男は
新たな　軌道へと
厳しい　一歩を　踏みだした

痛みを力に

結婚後　別居生活を　よぎなく　強いられ
水俣に着任した　板井八重子医師

痛みやしびれ　不眠や耳鳴りの　訴えに
適切な　治療方法が　わからない
医学療法が　有効な　手だてだと
知るまでに　要した　時間と努力
薬物療法が　有効であると
突き止めたときの　喜び

一時なりとも　患者さんから
『このごろは　少しは　よかですばい』
と言われたときの　嬉しさ

つかの間の　安らぎで　あるにせよ
自分の病状を　親身になって　考え
治療への　模索を　続ける
医師の　姿に　望みを　託す
患者さんたちの　思いを　知った

男児を出産　新しい土地で
医師として　母としての　二足の草鞋
あらたな　試練が　彼女を　むかえた

熊本地方の　気温は　摂氏〇・六度
不知火の水面は　音もなく落ちる　冷雨に
小さい波紋がたえない　今朝の寒さは　冬一番
彼女は　わが子を　ねんねこでおぶい
自転車に乗り　駅前通りを　北に向かう
保育園への　送り迎えの　日課だ

白い耳当て　ハンドルを握る手には　赤い手袋
寒さなんかに　負けては　いられない
患者さんたちの　顔を思い浮かべ
医師《かのじょ》は　ペダルを踏んだ
母となった　強さが
痛みを知った　心が
水俣の寒い冬を　楽しむように
医師《かのじょ》に　ペダルを踏ませる

待合室

水俣協立病院の　待合室は
診察の順番を　待つ　患者で
いつも　ふくれあがっていた
玄関の　右手にある　階段にも
手すりに　身体を　もたせかけ
数人が　腰を　下ろしていた

傍らの患者さんに　朝の　あいさつをした
すると　あちらからも　こちらからも

人なつこい　笑顔が　返ってきた
東京から来ていることを　知っていたのだ

持参したのだろう　花柄の座布団を　敷き
廊下の隅に座る　女性《ひと》
目が合い　目礼を交わす　と　その瞬間
いきなり　両手を突き出し　指を　目一杯　広げた
湯沸器の湯で　食器を洗っていたときの　火傷だと

カメラの　レンズが　せまる

沸かしすぎた　風呂の湯を　冷まそうと
フタをあけ　シャンプーを取りにいった　孫娘
祖母は　フタのあいた風呂を　のぞき
誰もいないからと　湯につかった

戻った孫娘の　悲鳴に　驚き　湯船から立ちあがる
その身体は　茹であげられたエビのようだったと
それぞれの　体験が　語られるなか
色浅黒い　背の丸まった　年寄りが
大きく　うなずきながら

――幸い軽い火傷ですんだけんね　よかとでした
わしら　いつこげん　怖かめにあうか
わからんとたい　恐ろしかことですたい

隣の女性《ひと》が　言葉をつづけた

――『あなたがたの　不注意です
それが水俣病と　どうして言えますか』

と　いわれますたい
寂しかことです　だれが　好きこのんで
怪我などしたかと　思っとりますかい

屈《かが》んだ腰に　両手をあて
丸まった背筋を　伸ばし
語気を強め　言う

――この辺には　よけい　居りますけんね
怪我や　火傷を　負うひとが
おかしかことですたい

カメラの　シャッターが　鳴りつづける
漁師を　していたのだろう　節くれ立った手

日焼した顔　がっしりした体格
椅子にもたれ　目を　閉じていた男性が
そっと　目を開き　静かな口調で　話はじめた

――不知火の海が　汚れて　何年かしおったら
あげんたくさん　採れおった　キノコが
めっきり　少なくなって　しもうたがね
よかけん！
海の汚れは　山の汚れだけんね
このことも　忘れてはいかんと

レンズが　迫り　絞りこまれる

あの日から　二十年

いまでも　聞こえるのです　待合室での声が
いまでも　見えるのです　赤くむくんだ手が
腫れあがった指が　屈託ない笑顔が
優しい瞳が　険しい瞳が…

――東京から来なさった　人たちが
本を出したり　写真集を出したりして
どうにかなっていきなさる
だけん！
水俣で　毎日　苦しんどるわしらは
なにも　変わりはせんがね

たばこ

待合い室の隅に　たばこを　くわえた
火を　付けよとする　男性《ひと》がいた
思うように　火がつかない
手を　差しだそうとした　瞬間
強い目の光りに　さえぎられた
そこで　素知らぬふりを　装い　見守った

オレンジ色の　百円ライターを
大きな　右手に　握り

左手で　右の手首を　しっかり支え
火を　近づける
たばこの先に　火が　届くかと　思うと
炎は　逃げる　繰り返し
小刻みに震える　右手は
たばこの近くまで　行くと
大きく　揺れ動く
緊張が　そうさせるのだろうか
目を　こらし　見ているると
手首を支える　左手も　また
小刻みに　震えていた

一服の　たばこ　楽しむために
待合室で　ついやされた　時間
生活の全てが　と　想像すると

重い気持になった　その時
たばこに　火がついた
深く　一服を　吸い込み
嬉しそうに　煙を　はき出す
ゆっくりと　たばこを　楽しんだあと
日焼けした顔が　こちらに向けられ
優しい　笑顔を　投げかける

私は　息を殺して　見入っていたようだ
笑顔と出会い　緊張の解けた　私も
笑みをもって　会釈で　答えた
瞬時に　交わした　信頼の　喜び

第四章　人間の鎖

水俣のこころ

母は子を背負い　浜で　カキ打ちをした
祖母は庭先で　魚を　料理した
水俣の地で　くりかえされた　生活

だが　村人たちは
異変に　気づいた

——何があったと　猫が狂うとる
おかしか　まっすぐ　歩けんとよ

――おうお！　血が出とる　切ったかね
　痛くなかから　わからんもんね

打瀬の白帆を　あやつり
祖父が　父が　漁をした海
漁師が　わが子を　育てた海

だが　漁師たちは
異変に　気づいた

――手がしびれて　綱が握れんと
　あぶなか　海におちるもんね

――舟と舟が　ぶつかりそうやった
　不思議か　どっちも見えんよったね

あたりまえだった　生活が　絶たれ
健康が家族が　うばわれていった　日

人びとは　原因を　知りたいと
チッソ水俣工場に　詰めよった

――知りたか　どげんして
こない　身体に　なりおったか

――わしら　なんも　悪かことなど
しておらんとに　どげんしてね

原因を理由《わけ》を　はっきりさせねば　と
人が　あつまり　人は　立ちあがった

網を持つ手に　チラシを　にぎり
裁判での　決着を　もとめようと
拳をかかげ　闘いが　はじまった

生存権を生命権を　死守するための
水俣病の闘い　水俣病裁判

――わしら　なんも　悪かことなど
　しておらんとに　どげんしてね

そぼくな　疑問からの　闘い
時は　流れ　四十八年が　経った
生まれないままに　散った　命
志なかばにして　散った　無念

二〇〇四年十月十五日
最高裁判所は　判断を　くだした
環境行政に　怠慢あり　と

喜びに泪する　わたしのなかを
黒い影が　よぎった
身震いが　ひとつ

水俣病の闘いに
終わりは　あるのだろうか

もの　言わぬ　自然の
もの　言えぬ　魂の
癒される日は　と

見守りつづけねば
祈りつづけねば
水俣の地を　水俣の人たちを

白い杖

俺は　おれに　じれていた
　なぜ！　おれは
　ぐずに　生　まれついたんだ　と

貧乏に　めげなかった
貧乏に　じれなかった
　なぜだ！　どうしてだ！
俺は　くり返し　叫びつづけた

小学校三年の　夏に　ながした
おれの　なみだは
不知火の　海の水より　しょっぱかった

漁師の　おやじをもった　おれが
俺の　目の前の
静かに　横たわる　不知火の海で
泳ぐことも　舟に乗ることも　できない
兄弟が　わらった
大人たちが　わらった

俺は　おれが　ぐずだから　手足が
友だちのように　自由に　動かない
そう　信じて　生きていた

なぜ！　おれは
ぐずに　生まれついたんだ

貧乏は　みじめで　なさけない　が
働けないことは　もっと　なさけない

いつも　白い杖をつく　おれは　半端者《はんぱもん》
いつも　他人の　白い視線が　追いかけてくる
半端者《はんぱもん》の　おれに　できる仕事は　ないか
白い杖と　いっしょに　さがしまわる

おまえにできる　仕事なんかあるか
健康なもんにだって　働き口がないのに
俺は　わかっていても　仕事をさがしまわる

白い杖といっしょに　おれは　かえる
右足が　重りのようだ
ズルッ　ズルッ　ズルッ
やっとの　思いで　だどりついた　家

これが　ほんとうに　おれの　足
なげだした足を　白い杖で　たたく
痛くない　かゆくない　右足
だが　おれの身体の　一部

この身体の　一部が　まともなら
俺は　男盛りの三十三才　独りもん
生活保護は　ありがたい　たすかる
だが　おれも　自分の家庭が　もちたい

兄弟のように　日焼けした女房と
はねまわる子のいる　家庭がほしい
俺は　おれの稼いだ　金で
家庭が　もちたい

なぜ！　おれは
ぐずに　生まれついたんだ
俺は　おれに　じれていた

人間の鎖

チッソ水俣工場を　おれも　かこんだ
一三〇〇人の　人の鎖に
おれも　なった！

白い杖をもつ　おれの右手に
おなごさんの　白い手が　かさなった
東京から　支援にきた
おなごさんの　白い手が　かさなった

しびれる　おれの左手に
ばあさまの手が　かさなった
黒い　しわだらけの　ばあさまの手
不知火の海で　働きつづけた
水俣病の　手だ

こきざみに　ふるえる
ばあさまの　手と
しびれる　おれの手が
しっかり　かさなった！

いま　おれは　鎖のひとつに　なった
にんげんの　鎖が　できた

有機水銀を　たれ流し　つづけた
チッソの　工場に
おれたちの手で　鎖をかけた

俺の身体を　こないにした！
チッソ工場への　怒りが　こみあがる
チッソ工場の　高い煙突を　にらみつづけた

ふうせん

赤い　ふうせん
青い　ふうせん
白い　ふうせん

いろとりどりの　風船が
灰色の　空に
のぼっていく

不知火の　なまりいろの　海を
ふわり　ふわふわ
わたっていく

俺は　ふうせんに　なって
不知火の　海を　わたる
不知火の　空を　かけのぼる

ばあさまの　ふるえる手が
俺の　しびれる左手に
ぐんぐんと　あたってくる

東京の　おなごさんの　温もりが
俺の右手に　たしかに　つたわってくる

人間の鎖は　ひとつになった
おれの　なかに　一三〇〇人の
ひとの力が　走るぬける

　　おれは　ぐずに
　　生まれついたんじゃなか！
　　なぜだ！　どうしてだ！
の　叫びは　やめる

俺を　ぐずにした
水俣病から　目をそむけない

人間の鎖になった　おれは
水俣病と　戦い　闘い
俺を信じる　おれを　つくっていこう

一三〇〇人の　人間の鎖を
より大きく　より広く
つないでいこう

御所浦《ごしょのうら》のひと

十一月終わりの　寒い　一日を
田中史子と　京大生の中島浩治と私　三人は
不知火海に　浮かぶ　御所浦島《ごしょのうらじま》の
漁師だった　村上さんの家を　訪ねた

茶うけに出された　オレンジ色の　紫色の芋
おどろきを　隠せないまま　口に　運んだ
この日から　二人の交流が　始まった

第二次世界大戦中　輸送船に　乗っていた　村上さん
終戦間近　船が撃沈され　大海原に　放り出されたとか

――わたしは　泳げましたけんね　助かりましたと
だけん　大勢の戦友が　死にましたとです
わたしは　海に　命を　もろうたとです
海に　恩返しせにゃと　思うとります

――わしら漁師は　海に　生かしてもろうとります
だけん　不知火の海を　きれいにせにゃ
海に　恩返しせんと　いかんとですよ
わたしは　水俣問題に　命をかけとります

二十年の時をへて　思う
村上さんの原点
村上さんの　祈りは　誓いは　と

挫折

水俣を　伝えねばと　水俣の地を　訪ね歩いた
わたしの　挫折は　彼女との　出会いであった

坪田に住む　その女性《ひと》は　田中実子さん
両親を　亡くした　彼女は
姉の綾子さんに　全てを　ゆだね　生きていた
オムツ替えも　着替えも　食事も
姉以外の人からは　受けつけない　実子さん

わたしが　出会った　当時
彼女は　人を遠ざけ　静かな生活を　願っていた
十二月二日　往診に向かう　藤野医師《せんせい》の車に　同乗

私から　頼んでみましょう
東京から来た　女性二人が
あなたに　合いたがっていますと

いいですか　保証は出来ません
実子さんの　心が　一番ですから

言い終えて　家の奥に　入っていた　医師《せんせい》
程なくして　姿を見せ　二人に　手招きをした
実子さんが　合うことを　承知してくれたのだ

玄関から　暗い廊下を　数歩
通された　部屋に　彼女は　居た
窓を背に　明るい部屋で
明るい笑顔で　迎えてくれた
窓からは　青い海が　のぞいていた

あの日
田中実子さんは　一人の女性として
東京の女性《ひと》を　持てなしてくれた
笑みと　目線んで　心が通い
うなずく首で　共感を　分かち合えた
明るい時間が　過ぎていった

だが　突然　部屋の空気が　凍った

沈黙が　重く時を　刻んだ
うなだれ　かたまった　実子さんが
ふたたび　首を　上げることはなかった

信頼の笑みが　断ち切られた
窓外の海には　灰色の雲が迫った
肩を落とし　彼女の家を辞した　私に
後悔の念が　重りとなって　宿った

あのときの　わたしは
鉛筆を　使っている人に
消しゴムを　差し出すように
働くことで培われた　身のこなしが
無意識な　行動となって
手にしていた　ハンカチで

実子さんの　口からながれる
ヨダレを　拭いていた

なぜ　あのとき　声をかけ
彼女の　了解を　得ようとしなかったのか

なぜ　あのとき
ヨダレなど　気にせず
彼女と　向き合い　続けなかったのかと

実子さんの
友だちとしての　女性としての
心を裏切り　出会いを壊した
不用意な　行動
悔やみきれない　思いに

今も　身体が震え
後悔の重りが
私から　体温をうばう

田中実子さんとの
出会いから　二十年
笑顔の奥の　私の心は
閉ざされた　貝のまま

水俣の東京まつり

三十二才になって
小便のでる感覚が　わからんたい
わたしの　子どもには
同じ苦しみを　させとうなかです
だから　子どもの名前を
「翼」にしたとです

薄墨色の　空に
明かりを　散りばめて　立つ
オフィスビルの　なか

仕事を終え　動きを　停止した
数台のクレーン車に　まじって
遠く　水俣の地から　運ばれた
うたせの　白帆が

不知火の　青く輝く　海に
その　白帆を　立て
海人らの　生活を
支え続けた　うたせ舟

水俣病　東京展の
象徴として　立つ
うたせ舟の　中に

今は亡き　翼の父が　いる

水俣病患者となって
女独り　一生を　過ごした
看護師の　北島ヒデさんが　いた

夫婦　二人三脚で　絵を描いていた
檜木繁雄さんが　トシ子さんが　いた
伊唐島《いからじま》の　近藤さんの　優しい目が　あった

日焼けした　海人たちが
うたせ舟に　乗り込んで
笑っている　泣いている
きょうは　水俣のまつり
水俣病の　東京祭り

第五章　水俣病

再会

詩画集を　たずさえ　明水園に
本を　手にした　鬼塚勇治さん
色紙に「母さんの海」と　書いて　贈ってくれた
作業所で　筆を握る　勇治さんの　真剣な眼差し
車椅子に座り　机に　覆いかぶさるような　姿で
ながい　時間を　費やして　書いてくれた　色紙

そう　明水園で　ボランティアを　していたとき
頭痛を訴え　じれる　勇治さんに　私は　言った

勇治さんに　頭が痛い　痛いと
言われても　解らないわ
どこが　どんな風に　痛いの　教えて

作業室の　机に置かれた　タイプライター
勇治さんは　タイプを　習いはじめた

勇治さん！　文字の言葉で
頭の痛い状態を　気持を　教えて　私たちに
勇治さんならできるはずよ　しなければだめ

あれから　十年
胎児性水俣病患者として　生をうけた
明水園の　友たちは　どうしているだろう

田中史子の　写真集「生《いのち》」を　手に
懐かしさと不安を　抱え　玄関前に立った

病室の窓に　拡がる　青い海
ベッドに横たわる　亮子さん
車いすに身をあずけた　末子さん
突然の訪問者に　とまどう　半永さん
十年の月日の　流れのなかで　明水園の
友たちの目に　私は　もう　いなかった

治療中の　鬼塚勇治さんに　そっと　近寄った
その時　勇治さんの　目が　言った
——覚えているよ　忘れてないよ

両腕を　広げ　身体をよじるように　大きく揺すり

勇治さんは　私に　何かを　伝えようとしていた

治療後　彼は　車椅子で　病室に　一直線
ベッド脇の　整理ダンスから　取りだした
詩とCDを　私の前に　グッと　つきだした
光る目が　約束を　果たしたぞと　言っていた

――俺は明水園の　鬼塚勇治
　みんなは俺のことを　鬼勇と言う

――酒が好きで　年上の女性が好き
　たまにゃ　カラオケでもいきたいよ

勇治さんの　心の声と　出会った　明水園
勇治さんは　文字の言葉で　話はじめた

――俺を小学生よばわりした　あいつ
ネクタイ引っ張って　ごめんね！

――俺を知恵遅れなんて　言わないで
あんたと同じ　人間なんだから！

四十七才の彼は　袋の　みかん農家の　長男坊
鬼塚勇治は　結婚した妹を　家族を　思う心を

――甥や姪が　いっぱいできた
みんな　とっても　かわいい
と　心の声を　伝えた

週末　家に帰り　父と飲むビールの　美味しさ

ご飯を作り　面倒を見てくれる　母さんの姿に
感謝の心を　打ち明けた

――ひとつだけ
言っておきたいことがある
俺を生んでくれた　母さん
本当に　ありがとう！

鬼勇が　仲間の心を　詩《ことば》に　のせて
明水園のみんなに　伝えた　素直な気持ち

――俺のさびしさと　付き合ってくれる
あんたがいるから　安心
ここが　安心

明水園

勇治さんの　心と出会えた
十年ぶりの　友との　再会

勇治さん　ありがとう
また　来るからね！

言葉にならない心を　握手に　託し
勇治さんの　手を　ぎゅうと　握った

十二月の菜の花畑

水俣市内の　小高い住宅地　浦上から
駅前に建つ　病院に　向かう
十二月の　朝

急斜面を　たがやし　作られた
二坪ほどの　畑には　ネギが並び
白や黄色の小菊が　枯れ忘れていた
葉を落とした　黄櫨の枝には

大根が　並び干され
黄櫨の間から　海が見えた
左手に　見え隠れする
不知火の海は
朝の光と　遊んでいた

あら　かすかに香る　酸味の中に
ほのかに　ただよう　甘み
車が　来ないことを　幸いに
目をつぶり　香りと　遊ぶ

冷たい風が　甘夏の　香りとともに
頬を　なでていく
そっと　目を　あける

えっ!　あれは水俣湾
茶褐色の大地が　埋め立てられた
水俣湾

朝日に輝く　水俣の海が
目前に　拡がることを　思いえがく
茶褐色の大地に　咲いた
菜の花畑を　遠くに
見つめながら

茶褐色の大地の　下には
菜の花畑の　下には
工場排水に　よって
蓄積されつづけた　ヘドロが

有機水銀に　汚染された
魚たちが　埋められている

青く光る　水俣湾と　ともに
失われた
海人の　生活が

有機水銀に　むしばまれ
奪われた
多くの　命が

菜の花畑の　したに
茶褐色の大地の　したに

頬をつたう　涙とともに
強く　こぶしを　握りしめた
忘れまいと
あの地が　良き漁場で　あったことを
あの地が　光る海で　あったことを
冷たい　風のなかに　咲いた
十二月の　菜の花と　ともに

海人の心にふれて

東京に　生まれ育った　わたしの　目に
天草の島影に　包まれた　不知火海　一辺《いちえん》の
自然は美しく　ささくれだった心を　洗ってくれる

次の瞬間　生活の場として　見なおすと
耕せる土地の　少なさに　気づく
急な斜面に　ミカンや甘夏が　実をつけている

――海は　ありがたか！

海に　生かしてもろうとるがな

海に向かい　合掌する　年寄りの　姿があった
合掌する　手の爪は　田螺が乗っているような
海に生きる　海人の手だ

病んでなを　山に海に　感謝し　生きるひと
人間は　苦しみの中に　哀しみの中に
優しさが育ち　粘り強さが　培われるのだと
教えてくれた　海人の　生きざま

水俣の人びとに　安全な生活が
穏やかな日々が　戻るよう
不知火の海に　向かい　手を合わせた
海人の　慎ましい心に　手を合わせた

四十八年目の水俣病

二〇〇四年八月　指宿の海は
白波が　わきたち　海ウサギが
海原に群れ　勢いよく　走っていた

旅のおわり　帰路につく　朝
わたしは　ホテルのロビーで
一人の　少女と　出会った

中だかな顔の　顎骨がずれ

口からは　よだれが　落ちていた
黒い瞳は　白目に　押し上げられ　天を仰ぐ
白くか細い手　ねじ曲がった指が　天を指す
父親の　両膝に　静かに　横たわる
少女は十才　大阪で　生まれたという

えっ！　呻きにちかい呟き　息をのんだ　私
わたしの目の前の　少女に
明水園で　出会った　亮子さんを見た

当時　彼女は　二十九才
二十九年を　寝たままで　生きて来た
胎児性水俣病患者の　女性だった
お河童頭の　彼女は　柵のついたベッドに
やせ細った　身体を　横たえていた

現地調査団に　参加し　明水園を視察
作業訓練室の部屋を　後にしようとしたとき
人差し指も　中指も　薬指も　親指も　小指も
一本　いっぽんの指が　好き勝手な　姿をしいる
変形した　か細い腕が　私を　呼んだ
そう　確かに　たしかに　彼女の手が
わたしを　手まねきしていた

――わたしも　ここに居るのよ　忘れないで
と　言うように　ベッドの柵から
出された　白くか細い手

愕きと　疑いの　思いで　立ちもどり
彼女の　幅の狭い　ベッドの傍らに　立った

そして　かすかに揺れる　小さな右手を　握り
〝はじめまして〟
声をかけ　彼女の大きな　黒い瞳を　見詰めた
あの日の　亮子さんが　いま　私の前にいた

発見から　四十八年　なおも
胎児性水俣病の　子どもたちが
他の地で　産声を　あげていたとは

生命連鎖を　たちきる　有機水銀
水銀被害の　はかりしれぬ　拡がりを
科学者は　行政官は　知って　いたのだろうか
父娘《ちち》のかたわらに　立って
萎縮した白い手を　さする　小学生の兄

大きな瞳で　娘に話しかける　明るい母
娘のよだれを　ふきながら　父は　言った

——大阪には　娘のような子が　大勢います
娘のお陰で　人の幸せを　教えられました
——家族が　仲良く　生活できるのは
この娘《こ》が　いてくれるからですよ

物静かな　確たる　父親《ちち》の　ことばに
視線を落とし　うなずいた　わたし
ほおに　ひとすじの涙が　伝わる

生命連鎖を　絶ちきる　有機水銀
時空をこえ　もたらす　水銀被害
科学者は　行政官は　知って　いたのだろうか

水銀に　汚染された
川の海の　森の大地の　地球の破壊
情報を　伝えぬことが　犯罪であると
関係者たちは　考えなかったのだろうか

いま　祈りは　ひとつ
良心の　芽吹きよ
自然を包め　地球をみたせ

心の焔

二〇〇八年十一月一日
日本弁護士連合会主催の　シンポジウム
「水俣病の抜本的救済を目指して」の会場
ステージで報告する　高岡医師の姿に
懐かしさを　つぎの　瞬間
会場内に　藤野医師《せんせい》の姿を　見出したとき
水俣との　二十年が　薄れていた　思い出が
一気によみがえり　わたしの中を　走り出した

熊本市内の　藤野先生の　ご自宅で
水琴窟の音を　耳にした　感動が
大阿蘇で目にした　リンドウの　愛らしさが
白水村の　湧き水の　美味しさが　よみがえる

慢性二硫化炭素中毒の症例を　学会に報告
労災認定を　勝ち取った　平田宗男医師
病床の　平田先生を　見舞った　私に
水俣病の　第一印象を
「私には　ピーンと　きました」と
水俣病が　大きな　社会問題であると
直感したことを　力強く　言われた
ベッドに座る　痩せた先生の背中を
奥様の手が　そっと　支えていた

水俣病第三次訴訟で　証人に立たれた
上妻四郎先生は　人生の充電中
藤野夫妻の助力を得　ご自宅訪問が　実現
ソファーにもたれ　パイプを握る　上妻先生の
大きな身体から　細やかな　心配りが　伝わった
平田先生との　水俣通いの思い出話に　時を紡いだ

藤野医師《せんせい》との　縁の始まり
何時　どうした　きっかけだったのだろう

往診に同行し　坪田の　田中実子さんの家に
水俣での宿にと　浦上に住む　松田夫妻を紹介
実情を実感して欲しいと　チッソ工場周辺を案内
忙きわまりない　医師《せんせい》から受けた　きめ細かな配慮
惜しみない　協力と援助に　感謝と戸惑いが同居した

そんな　ある日
三ノ輪の　我が家に　段ボール箱が　三個
えっ！　送り主はと　お届け伝票を　見る
水俣協立病院　藤野糺《ふじのただし》と　鮮明な文字
まさか　やはり　と　ことばの　交差

藤野医師には　この私に
熊本医師団の　水俣病への
取り組みと歴史を　託したいとの
思いが　あるらしいことを　察した
それにしても何故　疑問と不安と重圧が

臨床医師　藤野先生は
不知火沿岸の地で　伊唐島《いからじま》で

各家への　訪問診察を　つづけた
潜在患者の　掘り起こしに　専念し
病状と　日常生活の影響を　観察した
治療法を模索　被害の全貌を　追求しながら
診断基準の　確立に　全身全霊を　傾けていた

誰の命名か　イノシシ先生とは
うなずき　苦笑し　我に返ったとき
ステージでは　四名の　シンポジストと
参加者らの　質疑応答が　されていた

二次会に　参加される　藤野先生と
日比谷公園を　銀座に向かい　歩いた
黒いシルエットとなって　公園をつつむ木々
花壇の葉ボタンが　淡い影となって　道をしめす

枯れたと言うのか　医師《せんせい》の　歩調からは
穏やかな　温厚な　息づかいが　伝わる
かつての　あの　ギラギラした
色濃い　息づかいは　きえていた
が　確かに　心の焔は　熱く燃えていた

――わたしは　臨床医ですからね
まだまだ　やらなければ
ならないことが　ありますですね

――調査しなければならない国々がありますもんね
オーストラリア　イギリス　ニュージーランド
地球規模の公害に　警鐘を鳴らすためにですね

――本当の意味での　水俣病の
全貌解明が　されているとは言えませんもんね

――子から孫への　影響も
追跡調査を　しなければなりませんもんね

そう　水俣問題が　そう簡単に終わるわけがない
それにしても　医師《せんせい》の　飽くことのない　追求心
こうした気概が　歴史に事実を　刻むのかと
藤野《せんせい》に　出会えた　喜びが
私の足を　弾ませていた

生《いのち》ふたたび

働かない海が　ある
働けない海が　拡がる
沈黙の海　不知火の海

薄雲から　ぬけ落ちた
いくすじもの　陽の糸が
十一月の　不知火の海を　おおった
灰色の世界に　網囲いされた　海

人間社会の　業を　のみ込んだまま
孤独に　閉ざされた　海が
半世紀の　時を　きざんでいた

働かない海が　ある
働けない海が　ある
不知火の海が　拡がる

利益社会の　業により
海の生命《いのち》を　うばわれた
不知火の海　沈黙の海

だが　感じる
海のふところ　深く
生命《いのち》　育む　いとなみを

祈りは　ひとつ
自然よ　ふたたび
生命《いのち》よ　ふたたび
不知火の海よ　ふたたび　と

合掌

跋にかえて

水俣の浅見洋子

田中史子

浅見洋子と会ったのは一九八七年の夏、水俣病現地調査に出発する羽田空港であった。むさくるしいファッションのメンバーの間に妙に浮いているスマートな美人がいた。名簿を見ると、レポーターと書いてある。ちょっと敬遠したい。その美人が、気がつくとなぜかいつも私のそばにいた。

現地調査のメンバーのほとんどが労働組合などからの動員で来ている中で、個人で参加しているのは私たち二人だけだったただからごく自然にはみだしものが一緒になってしまったのだ。

出水に着いて水俣病患者と初めて会い、その日の集会で彼女は派手な花柄のスカートで現れ「本当は、詩人です」と名乗り、自作の詩をすらすらと口ずさんだ。『働かない海がある。働けない海がある。』あの浅見洋子の水俣のテーマである。

一目みた水俣で生まれたこの詩は、その後私の写真集にも掲載させてもらった。この時は、私はただ感心して「たいしたもんだー」と思ったものである。

明水園を訪れたとき、彼女はベッドに横たわる胎児性患者の松下亮子の前で釘付けとなった。「あなたの手に触らせてもらっていい?」。うなずく亮子。そっと、か細い折れそうに見えるガラス細工のような亮子の手をにぎった。そのときうまれたのが「母さんの海」の原型である。夜の集会でこの詩も披露された。

かなりいい加減な気持で現地調査に参加した私たち二人に共通していたものは「好奇心」であった。「このままでは水俣のことはよく分からない。もう一度現地調査とは別に水俣に来よう」という約束で、その年の冬再び水俣へとやってくる。不知火海一〇〇〇人検診で初めて生の患者の声を聞いた二人は、それから十年以上水俣へとのめりこんでいくことになる。

しかし、浅見洋子の詩作は遅々として進まなかった。当時、詩集「歩道橋」「交差点」を発表してアルコール依存症で亡くなった兄全宏のことを書き続けてきた彼女の心のなかでは、まだ兄を見送ることができずにいたこともあり、また詩人である彼女の才能を一番上の姉松子以外の家族は理解せず、人知れず苦悩していたのである。作家であることを世間に知らしめるために純文学にも挑戦、原稿用紙二五〇枚を一気に書き上げ某有名出版社に持ち込んだが一年も放っておかれてからボツにされてしまった。幻のエッセイ集「私のみなまた」である。

私は傷ついた彼女をふたたび水俣へ、新潟へと引っ張り出した。やがて、伴侶となる原田敬三弁護士とめぐり合い、結婚。姉（養母）と夫、身近に誰よりも深く理解してくれる家族を得て、詩人浅見洋子は落ち着きを取り戻し、熟成した詩を発表するようになった。夫の仕事にも携わり、学校災害や東京大空襲の問題にも取り組み、水俣と同じ根っこを持つと理解して積極的に関わり、見違えるほどたくましくなっていった。というのは、この後であり、ここではそれ以前の水俣における浅見洋子を紹介しよう。

浅見洋子の才能に目をつけたのは、私一人ではなかった。

水俣協立病院の院長藤野糺は彼女の詩集を見てとりこになった一人である。この詩の作者に水俣のこと、熊本医師団がいかにして水俣病と取り組んできたかを書いて欲しいと願望して、それらの資料を段ボール箱いっぱい送ってきたのみならず、水俣においてはもっぱら現地調査の案内役を買って出てくれたのだ（藤野糺の希望は、後に矢吹紀人著『水俣の真実』として出版された）。水俣に三十年来腰を落ち着けて患者と真摯に向き合ってきたこの医師に対して、水俣の人びとの信頼は厚い。彼について行けばどんなに会うのが困難と思われた患者にも会うことができた。田中実子や諫山孝子のところにも連れていってもらえた。明水園もそんな施設のひとつである。

私はなんとかしてここの撮影の許可を得たいと思っていた。何度か藤野医師について明水園を訪れた後、二人だけで訪問したときのことである。「あなたが何ですか？　ここは撮影禁止ですよ」とせまる職員に対し必死になって自分たちの目的を説明しているうちに「そんなに水俣病のことが知りたいなら、一度ボランティアに来られてはどうですか？」の言葉に、渡りに舟とばかりに飛びついたのである。浅見洋子はまたもや引っ張り出されることになる。

翌年、二人は一週間の約束でボランティアとして明水園に通った。明水園側も初めてのこと、ボランティアにどんなことをしてもらってよいかわからずに、介護士の実習コースをあてはめたから二人には大変な重労働がのしかかってきた。早朝には、暖かい湯で患者の身体を拭く、オムツが濡れていれば取り替える。天井まで届くほどの布オムツを二時間もかかって畳んだ後、食事のために患者を車椅子で運び、食事の介助。リハビリのために、患者をリハビリ室に運ぶ。お風呂へ入るときは、着替えの手伝い。髪の乾燥の手伝い。トイレに行きたいという人があれば、トイレに連れて行き介助する。

初めての経験にオタオタしている私とは対照的に、浅見洋子はテキパキと仕事をこなしていった。兄の介護の経験がものを言っていたのだろう。夕方、宿泊している友人の家に帰ると食事もそこそこにバタンと倒れるように眠った。三日目にして初めて撮影の許可が下りた。わたしが撮影している間、彼女はもっぱら患者との対応をしていた。いつもニコニコしている彼女は患者のみならず職員にも人気者だった。

時には、森山弘之園長が私たちをねぎらうために、自宅に招待してくれたこともある。

高橋緑副園長はもっぱら身の上相談を彼女にもちかけた。

ボランティアの最後の日彼女は入所している一人ひとりにさよならの挨拶をした。誰も見舞いに来てくれない孤独な老人たちにも、心をこめて。

明水園でうまれた詩は「胎児性水俣病のボク」として新婦人新聞に掲載されたが、この詩が熟成するまでに八年を要する。一九九五年に画家の佐藤良助がこの詩に触発されて一気に書き上げた挿絵を得て、『母さんの海』として㈱世論時報社から出版された。

「ここに出てくる、胎児性水俣病の患者は誰ですか」の質問に「いろんな人に会って感じたことを書きました。強いて言えば、これは私です」。兄の看病に疲れ、青酸カリを飲んで自殺未遂を起こした彼女は、劇症水俣病の患者と同じように毒の害に苦しみ続け生死の境目をさまよった。その経験が、水俣病患者に対する深い共感となり「ぼくは死ねたのだろうか」の言葉を生んだ。

二〇〇八年十一月一日、水俣病支援の集会に現れたときの浅見洋子はげっそりとやつれて、目玉ばかりがギラギラと輝いていた。触れれば血が飛び散りそうにビリビリしていた。詩作に入ったときには、飲まず食わず眠らずにたった一人の戦いに突入する。血を吐くところまで自分を追い詰め没頭する。二十年間の重荷を下ろそうとするように、一つ一つの記憶を言葉に換えていく作業だ。

しかし、そんな苦悩とは縁遠い浅見洋子をも私は知っている。水俣の地をあるきまわりながら、彼女の口から次から次へと溢れ出てきた言葉たち。それらは総てが詩となって、キラキラ、キラキラこぼれ落ちていた。なぜ、こんなにも美しく言葉を操れるのだろうか？　いや、いったい何が浅見洋子をこんなにも突き動かしているのだろうか？　いずれにしても、彼女はなんの苦労もなく、自由自在に詩を作る。というよりは自然に心からあふれてしまうように見えた。

今、詩集「水俣のこころ」となってあの宝石のような言葉たちも、苦悩の末に搾り出した言葉たちもここに結集した。

明水園で彼女の心をとらえた一人に鬼塚勇治がいる。胎児性患者の彼は澄んだ目をしている。「生きがいは書道」という彼は筆を持つ手もおぼつかないのだが、じっと紙を睨みつけ、書く言葉を考える。やがて紙いっぱいに筆が動く。「母」と読めた。「母さんの海」と書こうとしているのだ。紙いっぱいに「母」を書いてしまったので、「さんの海」は「母」のまわりに小さな文字で並んだ。かろうじてそう読めるのだが、浅見洋子の感激ぶりは大変なものである。まるで紙をなめるような姿勢で書いた言葉が、彼女の著書『母さんの海』だったのだから。あの日の感動があったから、あれから二十年を経ても、浅見洋子の詩はいきいきと水俣病を伝える。決して同情や憐憫ではない。共感をもって患者の心を伝えるのである。

あとがき

山の泉は　落ち葉に埋もれることは　無い

省吾（白鳥省吾）

「私の泉は　もう枯れたのだろうか」と思いながら、前記の白鳥先生の言葉を噛みしめながら過ごした孤独と沈黙の歳月。

苦しいから詩が書けるのではない。幸せだから詩が書けなくなるのでもない。詩は人がひとに寄りそい、人が人生を死を見詰め、生き方を模索する中で生まれるものと実感しました。

二十年の月日を経て旅立つ「水俣のこころ」。ここに編まれた詩編は、孤独から立ち直り穏やかな日々を幸せな日々を送る私の中から湧きだした泉です。

あとがきを書くにあたり、私は憲法全文を通読しました。水俣病問題と向き合う私は、心のどこかで「国とは　行政とは」と問い続けていました。この問いへの答えを捜すことも私がしなければならないことではと思い至りました。憲法第十五条二で「すべて公務員は全体の奉仕者であって一部の奉仕者ではない」とまた第九十九条で「……摂政及び国務大臣、国会議員、裁判官、その他の公務員は、この憲法を尊重し養護する義務を負う」と書かれていました。水俣病問題は環境問題であり、次世代への生活生存問題です。日本国民全体から見た水俣の地という一部の問題などでは無いと確信します。となると国は、行政はやはり憲法の示唆する方向とは異なるレールの上を走っているのではないでしょうか。

還暦を前にいま、日本の民主主義はどこかでレールを違え、走り続けているのではないだろうかと思われてなりません。

十二才で父をガンで亡くし、十八才の時遺産相続の話し合いが持たれ家庭裁判所で和解合意。四十才を過ぎた私は、二十数年の時を経て和解合意書に基づき実家を離れねばならなくなりました。この体験と重ね考えました。結果には原因があり、そこにたどりつく経緯があるのだと。その経緯を踏まえなければ結果の持つ真の意味は理解できないものと。そうです。日本国憲法を日本の民主主義を理解するには、憲法の生まれた経緯を、原因とも言うべき第二次世界大戦を直視することから出発しなければならないのです。日本に真の意味での民主主義を実現するためには……。

真の民主主義の中で真の民主教育がなされ、自らの権利が責任と義務をよりどころに成立しうることを理解し、社会の構成員として個の確たる存在を実感しつつ生きる日が来ることを願います。

大きな風呂敷を広げたあとがきとなってしまったことをお詫びします。

二十年の月日を経た詩達に光を与えてくださいました花伝社の平田勝社長、編集の近藤志乃様はじめスタッフの皆様に心から感謝申し上げます。

藤野紀先生、ありがとうございます。田中史子様ありがとう！　そして浦上の松田寿生・繁子夫妻にもありがとうを言わせてください。

この書を、水俣に生き水俣に死した方々に捧げます。

合　掌

二〇〇九年　弥生三日　記す

浅見洋子（あさみ　ようこ）
昭和24年
和洋女子大卒
著書　詩集『歩道橋』（けやき書房）
　　　詩集『交差点』（けやき書房）
　　　詩集『隅田川の堤』（けやき書房）
　　　詩画集『母さんの海』（世論時評社）
　　　詩集『マサヒロ兄さん』（けやき書房）
　　　詩集『もぎ取られた青春』（花伝社）

『日本詩集』（葵詩書財団）平成10～11年度版に、現在詩人100人のひとりとして参加。

『大空襲三一〇人詩集』（コールサック社）に参加。

現在、ニッポン放送テレホン人生相談回答者。

住所　〒145-0062　東京都大田区北千東1-33-2

水俣のこころ

2009年4月29日　　初版第1刷発行

著者 ――浅見洋子
発行者 ―平田　勝
発行 ――花伝社
発売 ――共栄書房
〒101-0065　東京都千代田区西神田2-7-6 川合ビル
電話　　03-3263-3813
FAX　　03-3239-8272
E-mail　kadensha@muf.biglobe.ne.jp
URL　　http://kadensha.net
振替 ――00140-6-59661
装幀 ――仁川範子
印刷・製本 ―中央精版印刷株式会社

ISBN978-4-7634-0543-2 C0092

もぎ取られた青春

浅見洋子

定価（本体1500円＋税）

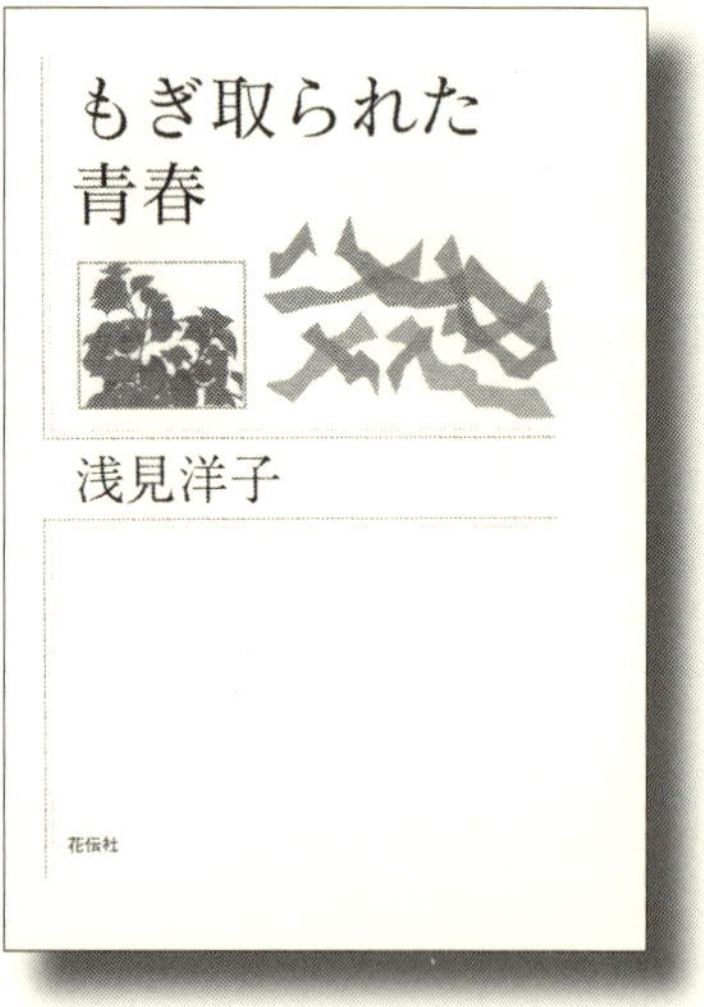

●詩集——若くして散った生命の貴さ
学校で何があったのですか　返してください　あの子を　あの日から心の時計はとまっていた　母さんありがとう　母さん二人めのぼくを出さないで……

わたしの水俣／もぎ取られた青春／いのち